GRANDES CLÁSSICOS

O Essencial dos Contos Russos

© Sweet Cherry Publishing
The Easy Classics Epic Collection: Fathers and Sons. Baseado na história original de Ivan Turgenev, adaptada por Gemma Barder. Sweet Cherry Publishing, Reino Unido, 2021.

Dados Internacionais de Catalogação na Publicação (CIP)
Angélica Ilacqua CRB-8/7057

Barder, Gemma
  Pais e filhos / baseado na história original de Ivan Turguêniev ; adaptada por Gemma Barder ; tradução de Aline Coelho ; ilustrações de Helen Panayi. - Barueri, SP : Amora, 2022.
  128 p. : il. (Coleção Grandes Clássicos : o essencial dos contos russos)

ISBN 978-65-5530-425-1

1. Ficção russa I. Título II. Turquêniev, Ivan III. Coelho, Aline IV. Panayi, Helen V. Série

22-6617   CDD 891.73

Índices para catálogo sistemático:
1. Ficção russa

1ª edição

Amora, um selo editorial da Girassol Brasil Edições Eireli
Av. Copacabana, 325, Sala 1301
Alphaville – Barueri – SP – 06472-001
leitor@girassolbrasil.com.br
www.girassolbrasil.com.br

Direção editorial: Karine Gonçalves Pansa
Coordenação editorial: Carolina Cespedes
Tradução: Aline Coelho
Edição: Mônica Fleisher Alves
Assistente editorial: Laura Camanho
Design da capa: Helen Panayi e Dominika Plocka
Ilustrações: Helen Panayi
Diagramação: Deborah Takaishi
Montagem de capa: Patricia Girotto
Audiolivro: Fundação Dorina Nowill para Cegos

Impresso no Brasil

Pais e Filhos

Ivan Turgenev

amora

OS KIRSANOVS

Nickolai Kirsanov
Patriarca da família

Arkady Kirsanov
Filho

Fenichka
Noiva de Nickolai

Kolyazin
Primo de Arkady

OS BAZAROVS

Dr. Bazarov
Patriarca da família

Sra. Bazarov
Esposa

Yevgeny Bazarov
Filho

ODINTSOVS

Anna Odintsov
Viúva rica

Katya Odintsov
Irmã de Anna

Fifi
Cachorro de Katya

CAPÍTULO UM

Nickolai Kirsanov esperava impaciente na estação. E não tirava os olhos dos trilhos. Seu filho, Arkady, estava voltando para casa depois de se formar na Universidade de São Petersburgo. Nickolai mal podia esperar pelo encontro.

Quando o trem finalmente entrou na estação, Nickolai correu para encontrar o filho e gritou:

— Arkady, meu menino! Venha dar um abraço em seu papa.

Arkady era um jovem alto, de vinte e poucos anos. Tinha a pele clara e os cabelos castanhos, o que fazia com que todos dissessem que ele se parecia com a mãe, que havia morrido anos atrás.

Arkady colocou um dos braços nas costas do pai e deu-lhe um leve abraço, olhando com nervoso por cima de seu ombro.

— Papai, eu gostaria de apresentar o senhor a uma pessoa — disse Arkady, afastando-se para deixar o outro jovem se aproximar. — Este é meu bom amigo, Yevgeny Bazarov. Nós estudamos juntos na universidade. Eu pedi que ele viesse ficar conosco, se estiver tudo bem para o senhor.

Nickolai deu um passo para trás e olhou para Bazarov. O jovem tinha cabelos escuros e longos, que passavam da altura dos ombros, e olhos escuros. E vestia um casaco longo e preto. Parecia mais um agente funerário do que com um estudante recém-formado.

Nickolai ficou decepcionado. Ansioso, esperava passar algum tempo sozinho com o filho, depois de tantos anos de distância. Mas ele sorriu para Bazarov e estendeu a mão para cumprimentá-lo.

— É claro. Todo amigo do meu Arkady é sempre bem-vindo!

Bazarov olhou para a mão de Nickolai e, por um momento, achou que o jovem não a seguraria. Mas finalmente Bazarov deu um breve aperto de mão em Nickolai.

— Obrigado — disse discretamente.

Nickolai ajudou a carregar as malas de Arkady e de Bazarov para a parte de trás de sua carruagem. No caminho para a propriedade de Nickolai, Bazarov sentou-se atrás, olhando as pessoas e as lojas ao redor do lugar. Logo a pequena cidade desapareceu em meio ao campo aberto.

Arkady estava sentado na frente, ao lado de seu pai, que conduzia os cavalos.

— Sinto muito por não ter dito que estava trazendo um amigo comigo — disse Arkady bem baixinho.

Aparentemente, não queria que Bazarov ouvisse o que ele estava dizendo.

— Mas o senhor vai gostar de Bazarov. Ele estudou Ciências e vai ser médico.

— Ele não fala muito — respondeu Nickolai.

— Bazarov fala apenas o necessário. Ele é um niilista. Como

eu, ou pelo menos, como estou aprendendo a ser.

— Um o quê? — perguntou Nickolai. Ele nunca tinha ouvido aquela palavra antes.

— Um niilista. Os niilistas acreditam que não se deve dar importância a qualquer coisa além dos fatos. As emoções não importam. As maneiras não importam. Pinturas e esculturas não importam, e romances e peças teatrais não importam. Apenas o raciocínio científico e a pesquisa importam.

Nickolai coçou a cabeça e assentiu, embora não entendesse absolutamente nada do que seu filho estava dizendo.

CAPÍTULO DOIS

Quando chegaram a Maryino, a grande propriedade de Nickolai e casa de Arkady, o rapaz não pôde deixar de se sentir animado por estar de volta. A casa e as terras o faziam se lembrar de sua mãe. Ele viveu muitos momentos felizes naquele lugar.

O rosto de Bazarov permaneceu sem emoção. Não era do perfil niilista ficar impressionado ou entusiasmado com nada. Arkady respirou o ar puro vindo dos campos que cercavam a casa de pedra.

Ele seguiu o pai até subirem as escadas que levavam à porta da frente.

Uma vez lá dentro, Arkady se sentiu confortado pelas grandes e antigas pinturas que pendiam nas paredes e pelas fileiras de livros em cada prateleira, de cada estante da casa. Seus pais eram grandes leitores

e Nickolai guardou todos os livros da mãe de Arkady exatamente onde ela os deixou.

— Assim que você se instalar, talvez pudéssemos tomar um chá — disse Nickolai, entregando seu casaco e as luvas para o mordomo. — Temos muito o que conversar, e há algo importante que preciso discutir com você, Arkady.

Nickolai se virou para entrar em seu escritório, mas não pôde deixar de notar a expressão no rosto de Bazarov. Ele estava observando uma das pinturas com um olhar divertido no rosto. Era quase como se ele estivesse tentando não rir.

— Você chama seu pai de "papa"? — Perguntou Bazarov. Ele estava sentado na beira da cama de Arkady, observando o quarto de infância do amigo.

— Eu costumava falar assim — disse Arkady, corando. — Agora eu o chamo de pai, é claro.

— Você deveria chamá-lo de Nickolai. É o nome dele — disse Bazarov, dando uma pequena risada.

Arkady balançou a cabeça.
Bazarov estava determinado a fazer a vida de Arkady o mais simples e cientificamente possível.

Apesar de Arkady admirá-lo e querer aprender com seu novo e excitante modo de vida, havia certas coisas que ele ainda não conseguia entender.

Quando Arkady entrou na sala para o chá, Nickolai sentiu uma pontada de aborrecimento. Bazarov estava com ele. A verdade é que o pai esperava conseguir falar com o filho sozinho.

— Há algo bastante pessoal que preciso lhe contar — disse Nickolai, olhando de seu filho para Bazarov.

— Ah, não se incomode comigo — disse Bazarov. — Eu não acredito na emoção do constrangimento. Isto não serve para nada na vida. Posso sentar-me à janela e ler o jornal enquanto conversam.

Nickolai fez um aceno para Bazarov, que se dirigiu a uma poltrona na janela. Quando o filho se sentou ao seu lado, Nickolai sussurrou:

— Ele é um jovem... *interessante*.

— Ele é muito inteligente. Talvez possa aprender muito com ele, assim como eu. — sugeriu Arkady, sorrindo.

— O niilismo é realmente um assunto muito interessante.

Nickolai ergueu uma das sobrancelhas. Ele não tinha certeza do que esse jovem com sua estranha visão da vida poderia lhe ensinar. Bazarov tinha quase a metade de sua idade! Mas havia coisas mais importantes que Nickolai precisava falar agora.

— Arkady, você se lembra de quando sua mãe morreu e eu contratei uma governanta? — Começou Nickolai.

Arkady balançou a cabeça enquanto tomava seu chá.

— Bem, a filha da governanta costumava vir aqui para ajudá-la.

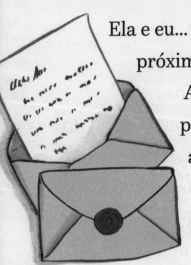
Ela e eu... nos tornamos muito próximos.

Arkady sentou-se um pouco mais ereto. Era a primeira vez que seu pai mencionava outra mulher desde a morte de sua mãe. Ele segurou seus sentimentos de confusão e surpresa. E tentou se concentrar nos fatos, como Bazarov faria.

— Prossiga — ele disse.

— A verdade é que eu me apaixonei. O nome dela é Fenichka — disse Nickolai. — Há alguns meses, enquanto você estava na universidade, nós tivemos um filho. Você tem um irmão.

Arkady engoliu o chá. Ele não pôde deixar de se sentir magoado por seu pai não ter lhe contado sobre Fenichka, ou sobre seu irmãozinho.

Os dois trocaram muitas cartas enquanto ele estava na universidade e Nickolai poderia facilmente ter contado sobre o que estava acontecendo.

Mais uma vez, Arkady respirou profundamente e analisou os fatos. Seu pai estava feliz. Ele tinha um irmão – algo que ele nunca tivera antes. Essas eram coisas boas. E o pai não havia dito nada antes porque estava preocupado com seus sentimentos.

Por fim, Arkady disse:

— Estou feliz por você, Pai. Eu gostaria de conhecer os dois. — Ele confiou nos fatos da situação, como um verdadeiro niilista faria.

CAPÍTULO TRÊS

Com o passar dos dias, Arkady conheceu Fenichka e seu novo irmãozinho, Mitya. Ele gostou dos dois imediatamente e pôde ver como seu pai estava feliz. Mitya era um bebê alegre e sorridente, e Arkady se sentiu como o irmão mais velho na segunda vez em que o segurou em seus braços. Como Fenichka e

Nickolai não eram casados, ela vivia em sua própria casa. No início, ficou um pouco tímida em relação a Arkady, mas logo viu que ele compartilhava a amorosidade e a franqueza do pai.

Uma noite, enquanto Nickolai, Arkady e Bazarov jantavam, Nickolai disse:

— Eu gostaria de me casar com Fenichka.

— Qual é o sentido do casamento? — Perguntou Bazarov. — Afinal, é apenas um pedaço de papel. Não significa nada.

— É muito mais do que um pedaço de papel — respondeu Nickolai enquanto tomava um gole de sua bebida e balançava ligeiramente a cabeça.

— Quero que todos saibam que somos uma família respeitável.

— Você são uma família — disse Bazarov. — Não vejo por que o senhor precisa de uma cerimônia em uma igreja para provar isso.

Arkady pôde ver que seu pai estava ficando cansado de Bazarov.

— Acho que se isso faz o senhor feliz, meu pai, então, é o que deveria fazer — disse ele, olhando com nervosismo para Bazarov. Ele queria que seu amigo pensasse bem dele.

Bazarov passou horas ensinando Arkady as regras e princípios do

Niilismo. Ele não queria que Bazarov pensasse que ele estava perdendo o rumo.

Seguiu-se um momento de silêncio antes de Bazarov perguntar:

— Posso perguntar por que o senhor lê tantos romances?

Nickolai suspirou. Desde que chegara a Maryino, Bazarov tinha questionado por que Nickolai gostava daquelas pinturas na parede – toda arte era sem sentido. – E tinha perguntado também por que ele comia uma comida tão boa - comida era apenas um combustível para o corpo. – Nickolai largou o copo e limpou a garganta.

— Porque eu gosto de ler.

— Então deveria ler livros científicos ou livros de história. Romances são histórias que alguém inventa. Eles não têm sentido — disse Bazarov calmamente.

Nickolai olhou para Arkady, sabendo o quanto seu filho gostava

da leitura. Mas Arkady continuou em silêncio, concordando com Bazarov. De repente, Nickolai sentiu-se muito triste. Ficou claro que Arkady estava se afastando dele. Ele já não o entendia mais como costumava fazer quando Arkady era um menino.

— Recebi uma carta do primo Kolyazin — disse Nickolai, mudando de assunto. — Você se lembra de que ele mora na cidade, Arkady? Pois o governador vai dar um grande baile na próxima semana e Kolyazin me convidou para participar.

— Isso vai ser bom para o senhor — disse Arkady.

— Infelizmente eu não irei — disse Nickolai. — Não quero sair e deixar Fenichka sozinha cuidando de Mitya, pois ele ainda é muito pequeno. Você poderia ir – e levar seu amigo.

Arkady já sabia o que Bazarov estava pensando só pela expressão em seu rosto: bailes eram uma perda de tempo. Vestir-se, comer, beber e dançar com pessoas que você mal conhece pareceria muito bobo para ele. No entanto, Arkady também sabia que manter Bazarov um tempo longe de casa poderia ser muito bom para ele – e para Nickolai.

— Pense nisso — disse Arkady mais tarde, depois que seu pai foi para a cama. — Se formos ao baile, você pode transformá-lo em um experimento. Você não precisa dançar ou conversar com ninguém, se não quiser. Você pode apenas observar. Se preferir, leve seu caderno.

Bazarov suspirou, mas sorriu para o amigo.

— Se você quer tanto ir, então vamos. Posso ver que você tem um longo caminho a percorrer antes de se tornar um verdadeiro niilista, meu amigo.

— Mas eu estou aprendendo — disse Arkady, sorrindo. — Até os niilistas precisam comer e beber!

CAPÍTULO QUATRO

O primo Kolyazin era um homem alegre. Tinha mais ou menos a mesma idade de Nickolai e usava roupas brilhantes e caras. E ficou feliz em ver seu primo e o jovem estranho, de longos cabelos escuros, que ele havia trazido consigo.

— O Baile do Governador é um dos eventos mais importantes do ano! — disse Kolyazin enquanto eles subiam em sua carruagem. — Todo mundo vai estar lá. Você vai poder conhecer alguns deles, Arkady. Estão todos ansiosos para ver Anna Odintsov.

— Quem é ela? — perguntou Arkady.

— Uma jovem viúva, dona de uma grande fortuna — disse Kolyazin. — O marido dela comprou uma propriedade nas proximidades antes de morrer e agora ela vive lá com a irmã. Eu já a encontrei uma vez. Ela é muito bonita.

— O que significa beleza? —

perguntou Bazarov. — O fato de seus olhos, nariz e orelhas estarem dispostos de uma certa maneira não tem impacto algum sobre quem ela é como pessoa.

Kolyazin desprezou o comentário rabugento de Bazarov.

— Veremos! — ele disse, batendo palmas. — Talvez até *você* caia no feitiço dela!

O salão era iluminado por centenas de velas, com a luz tremulando em espelhos gigantescos pendurados sobre as lareiras. O chão estava repleto de vestidos rodopiantes e cada assento foi ocupado por convidados bem-vestidos.

Arkady sentiu-se animado por estar lá. Ele não ia a uma festa como essa desde que foi a para universidade.

No entanto, sabia que não deveria se deixar impressionar por uma coisa tão corriqueira.

Ele tentou manter o rosto neutro caso Bazarov o observasse. Mas

Bazarov, ao que parecia, estava interessado em outra coisa. Em outro *alguém*.

— Ah, vejo que você já notou Anna Odintsov — disse Kolyazin, cutucando Bazarov nas costelas. Anna Odintsov usava um vestido prateado cintilante. Seu cabelo loiro estava

elegantemente preso no topo da cabeça, e ela conversava com um grande grupo de pessoas que disputavam sua atenção.

Bazarov tossiu, o rosto ficou vermelho.

— Eu estava simplesmente pensando em como tudo está tão iluminado aqui — disse apressadamente. — Só o custo das velas deve ser muito alto.

Num piscar de olhos, Kolyazin desapareceu. E voltou momentos depois trazendo Anna.

— Deixe-me apresentá-la para o meu jovem sobrinho, Arkady Kirsanov, e seu amigo, Yevgeny Bazarov — disse Kolyazin com um sorriso. — Eles se formaram recentemente pela Universidade de São Petersburgo.

— Um par de estudiosos — disse Anna impressionada. — Estou muito feliz em conhecê-los.

De repente, a orquestra colocada na extremidade do salão de baile começou a tocar.

— Gostaria de dançar? — Perguntou Bazarov com a mão estendida em direção a Anna.

Os olhos de Arkady se arregalaram. Ele nunca tinha visto Bazarov dançar desde que o conhecera.

A única vez que Bazarov mencionou a dança foi para dizer que aquilo era inútil. Anna estendeu sua mão e Bazarov a conduziu até a pista de dança.

Arkady ficou maravilhado com a elegância do amigo. Ele tinha prendido o cabelo comprido para trás especialmente para a ocasião e quase parecia um cavalheiro.

— O que o está estudando? — perguntou Anna educadamente, enquanto dançava com Bazarov.

— Ciência — ele respondeu. — Quero estudar medicina, e talvez me torne um médico.

Anna observou o rosto de Bazarov. Ele era um bom dançarino, mas não parecia estar se divertindo muito.

— Você dança com frequência?

— Não — respondeu Bazarov sem rodeios. — Perdoe-me, mas eu acho o ato de dançar tão sem sentido.

Ana riu.

— Então por que você me convidou para dançar?

Bazarov não conseguiu responder. Ele a convidou para dançar porque a achou cativante. Ele tinha que admitir que Kolyazin estava certo: Anna Odintsov era linda.

CAPÍTULO CINCO

O baile continuou até tarde da noite. Arkady, Bazarov e Kolyazin ficaram agrupados em um canto do salão na companhia de Anna. Os quatro conversaram e dançaram por horas. Arkady observou como o sorriso de Bazarov foi ficando cada vez maior à medida que o tempo passava.

— Estou exausta! — disse Anna feliz, quando o baile estava prestes a acabar. — Não é justo que haja uma de mim e três de vocês. Eu dancei três vezes mais!

Depois de se despedirem, os três homens voltaram para sua carruagem com os pés doloridos.

— Eu não disse a vocês que Anna era a jovem mais encantadora de todas? — perguntou Kolyazin.

— Ela é muito bonita — concordou Arkady.

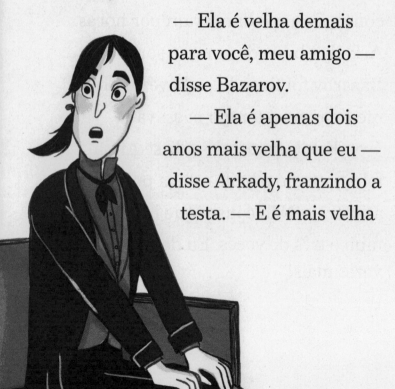

— Ela é velha demais para você, meu amigo — disse Bazarov.

— Ela é apenas dois anos mais velha que eu — disse Arkady, franzindo a testa. — E é mais velha que você também. Bazarov acenou com desdém.

— De qualquer forma, nós três fomos convidados para ir até o hotel dela amanhã para tomar chá antes que ela deixe a cidade.

Bazarov se endireitou e perguntou.

— Ela convidou?

Arkady confirmou e sorriu para o amigo. Foi estranho ver a calma e a compostura de Bazarov quebradas uma vez.

— Ela deve estar ansiosa para rever a irmã em Nikolskoye — disse Kolyazin. — Desde que o marido morreu, são só as duas naquele

casarão e uma grande
fortuna para gastar.

Bazarov não se importava
com o dinheiro de Anna.
Para ele, dinheiro
não significava nada.
Tudo o que sabia é
que queria passar
mais tempo com ela.

No dia seguinte, Bazarov e Arkady
foram ao hotel onde Ana estava
hospedada. Kolyazin tinha que tratar
de negócios na cidade e, por isso,
deixou os rapazes fazerem a visita
sozinhos.

No café do Grand Hotel, no centro da cidade, Anna Odintsov estava cercada por sua bagagem. Ela sorriu feliz quando viu os dois jovens que conheceu no Baile do Governador na noite anterior.

— Vocês me pegaram em flagrante — ela disse. — Minha carruagem estará aqui em meia hora para me levar de volta a Nikolskoye.

— Por favor, perdoe meu primo — disse Arkady. — Ele não pôde se juntar a nós esta manhã. Mas agora você nos tem só para você!

Bazarov franziu a testa para Arkady. Ele estava agindo como um tolo, e Bazarov suspeitou que Arkady poderia estar tendo os mesmos sentimentos que ele tinha por Anna.

— Mas não é tempo suficiente para conhecer vocês melhor — disse Anna.

— Por que vocês dois não vêm comigo para Nikolskoye? Lá é grande demais só para mim e para a minha irmã. Vocês poderiam nos fazer companhia.

Arkady olhou para Bazarov com cautela. Ele estava certo de que seu amigo recusaria o convite. Bazarov não era o tipo de homem que gostava de fazer visita a senhoras, muito menos ficar hospedado em suas casas. Isso o tiraria do foco de seu trabalho.

Entretanto, para grande surpresa de Arkady, Bazarov respondeu:

— Ficaríamos encantados.

Mais tarde, naquele mesmo dia, os amigos disseram adeus a Kolyazin, que ficou cheio de ciúmes do convite que eles haviam recebido. Ele também gostaria de conhecer a casa de Anna. Então eles arrumaram suas coisas e fizeram a curta viagem pelo campo até Nikolskoye.

CAPÍTULO SEIS

Nikolskoye era uma bela casa. Tinha jardins perfeitos. Era muito maior que a casa da família de Arkady. Na verdade, aquele lugar, comparado à propriedade dele, fez com que sua casa parecesse bastante degradada.

Havia esculturas de pedra em torno de cada janela e uma fonte na frente da casa que era maior do que qualquer uma que Arkady ou Bazarov já tinham visto.

Os amigos foram recebidos por um mordomo uniformizado com uma aparência carrancuda. Ele pegou o casaco comprido de Bazarov como se fosse algo que tivesse acabado de cair no chão. — A madame está ali — disse ele com uma voz fria, enquanto os conduzia por um longo corredor de mármore.

Anna estava sentada em uma sala espaçosa e bem iluminada. A lareira estava acesa e um lindo jogo de chá e vários bolos haviam sido dispostos em uma mesa.

— Pensei ter ouvido uma carruagem — disse Anna feliz. — Chegaram bem na hora!

Bazarov sentiu uma onda de felicidade no momento em que viu Anna, mas tentou arduamente não demonstrar isso. Arkady também estava feliz em ver Anna novamente, embora tivesse notado que os olhos dela estavam concentrados em Bazarov quando ela os cumprimentou.

Nesse momento, outra jovem entrou na sala, seguida por um grande cachorro branco.

— Deixe-me apresentar Katya,

minha irmã mais nova — disse Anna, levantando-se e colocando um dos braços em volta da cintura de Katya.
— E este é Fifi.

Anna bagunçou o pelo branco na cabeça do cachorro enquanto ele cheirava os dois homens com curiosidade.

Katya era muito parecida com sua irmã, embora tivesse o cabelo mais escuro, e devia ser pelo menos cinco anos mais nova.

Enquanto o mordomo servia o chá e oferecia o bolo, Katya acariciava o cachorro e ocasionalmente sorria e acenava para os novos amigos da irmã. Ela preferiu ouvir a conversa em vez de participar.

— Depois do almoço, gostaria de mostrar a você minha horta — disse Anna. Mais uma vez ela estava falando diretamente com Bazarov. — Temos um canteiro de ervas. Muitas das plantas que cultivamos são usadas em remédios, acho.

Bazarov sorriu. Ele ficou animado ao ser convidado a passar algum tempo sozinho com Anna.

— Será muito educativo. Eu agradeço — ele respondeu.

— Katya talvez possa lhe mostrar algumas das cartas de nossas mães, Arkady.

Arkady largou a xícara de chá, cheio de espanto.

— Desculpe... — disse, confuso. — Você tem cartas da minha mãe?

Anna riu gentilmente.

— Claro que sim, muitas! Percebi ontem à noite porque seu nome era tão familiar para mim. Nossa mãe e a sua foram amigas de infância. Depois de terem se casado, elas não se viram muito, mas mantiveram contato. Quando nossa mãe morreu, Katya e eu mantivemos um baú com as cartas dela. Estou muito feliz por ter conhecido você, Arkady. É como ter uma conexão com nossa mãe.

Arkady ficou emocionado, mas também ligeiramente decepcionado. Ele iria adorar ler as cartas de sua mãe, mas esperava que Anna quisesse passar um tempo com ele, em vez de Katya.

— Que descoberta maravilhosa — Arkady disse finalmente. — Se você tiver tempo, Katya, isso seria incrível.

E assim, depois de um almoço delicioso, Arkady e Katya seguiram para um lado e Bazarov e Anna para outro, para aproveitar a tarde.

CAPÍTULO SETE

Com o passar das semanas, Anna e Bazarov encontravam cada vez mais desculpas para passar um tempo a sós. Diariamente, ela mostrava os jardins, e eles observaram o céu pelo telescópio que seu falecido marido tinha dado a ela de presente para ver as estrelas.

Com isso, Arkady e Katya acabavam tendo muito tempo para se divertir juntos. Para sua surpresa, Arkady percebeu que, a cada dia, estava gostando mais dela. Katya era mais quieta que a irmã, mas muito inteligente e gentil.

A primeira tarde que passaram juntos foi no sótão da grandiosa casa, lugar que estava cheio de cartas da mãe dele. Para Arkady, ver a caligrafia dela era um grande conforto. Ele deu gargalhadas quando leu histórias de quando ele era um bebê, e sorriu ao saber sobre o dia a dia de sua mãe em Maryino.

Depois de mostrar as cartas a Arkady, Katya o levou à biblioteca. Sem Bazarov por perto, Arkady confessou que adorava ler romances.

Katya lhe mostrou seus livros e poemas favoritos, e eles descobriram que tinham muito em comum. Arkady até se afeiçoou a Fifi, que os seguia por todos os lugares, na esperança de ganhar um cafuné.

Enquanto Arkady se sentia cada vez mais e mais feliz em Nikolskoye, Bazarov estava cheio de dúvidas. Quanto mais tempo ele passava com Anna, mais fortes eram os seus sentimentos em relação a ela. Ele nunca tinha sentido a onda de emoções como a que o invadia quando ela estava por perto. Apesar de continuar acreditando que aqueles sentimentos eram bobos, ele sabia que estava se apaixonando.

Mas Bazarov queria ser um verdadeiro niilista. E os niilistas não acompanham moças nem se envolvem em uma nuvem de romance. Ele se sentiu bobo e frustrado consigo mesmo. Sabia que se ficasse lá por muito mais tempo, sua crença no niilismo seria testada. Por mais que quisesse ficar com Anna, Bazarov sabia que precisava deixar Nikolskoye.

Certa noite, Bazarov esperou que Arkady e Katya fossem dormir. E então disse a Anna que partiria no dia seguinte.

Anna sentiu uma pontada de decepção, pois gostava de passar seus dias com Bazarov. Era o jovem mais interessante que ela já havia conhecido. Quando caminhavam pelo jardim ou ele explicava algo científico, Anna se sentia mais feliz do que esteve por muitos anos.

— Mas por que você tem que partir agora? — Anna perguntou, tentando manter a voz calma.

— Preciso ver meus pais — Bazarov respondeu. — Não os vejo desde que estava na universidade.

Isso era verdade. Fazia muitos anos que Bazarov não via os pais. Mas a verdadeira razão pela qual ele queria ir embora era se afastar de Anna antes que seus sentimentos ficassem ainda mais fortes.

— Vou sentir sua falta — disse Anna, olhando para o fogo.

Bazarov olhou para ela. A luz das chamas iluminou seu rosto e a deixou ainda mais bonita.

— Vou sentir sua falta também — ele disse, apesar de tudo.

Bazarov lutou contra os próprios sentimentos. Tudo o que ele mais queria era ficar com Anna para sempre, mas isso significaria abandonar suas crenças. Será que valeria a pena? De repente, Bazarov sentou-se ao lado de Anna e segurou sua mão.

— Eu amo você — disse ele.

Para surpresa dele, Anna puxou a mão.

— Sinto muito, Bazarov. Não posso ficar com você! — disse ela, levantando-se rapidamente e correndo da sala.

O coração de Bazarov pareceu ter se partido ao meio. Ele achava que Anna sentia o mesmo por ele. Devia estar errado. Ele havia traído suas crenças niilistas e se entregado aos sentimentos de amor por nada.

Bazarov voou pelas escadas e pelo quarto do amigo. Arkady estava lendo e deu um salto quando ele entrou.

Bazarov parecia chateado – Arkady nunca o vira daquela maneira.

— Qual é o problema? — perguntou.

— Preciso partir amanhã de manhã —

Bazarov disse, sentando-se pesadamente nos pés da cama de Arkady. — Eu me apaixonei por Anna.

Arkady tinha suspeitado disso, mas jamais esperou que ele admitisse.

— Qual o problema de se apaixonar, Bazarov? — perguntou. — Até os homens da ciência se casam.

Bazarov balançou a cabeça.

— Anna não sente o mesmo que eu — ele respondeu. — Devo ir embora e esquecer este lugar. Não faz sentido insistir em algo sem futuro.

Arkady ficou surpreso ao saber que

Anna não sentia o mesmo pelo amigo. Ele tinha notado a maneira como ela olhava para Bazarov.

— Você tem certeza? — perguntou Arkady.

— Tenho — respondeu Bazarov com firmeza. — Vou para a casa dos meus pais amanhã. Você é mais que bem-vindo para se juntar a mim, mas eu entenderei se preferir ficar aqui. A casa dos meus pais é muito menor que essa.

Arkady deu um sorriso triste.

— Você é meu amigo, Bazarov. Eu gostaria de conhecer seus pais.

Na manhã seguinte, Bazarov e Arkady se despediram.

Bazarov disse umas poucas palavras, mas agradeceu a Anna por tê-los recebido em sua casa. Arkady estava triste por deixar Katya, mas prometeu escrever para ela. Arkady notou lágrimas brotando nos olhos de Anna enquanto acenava para eles.

CAPÍTULO OITO

Os pais de Bazarov viviam em uma pequena cidade a apenas uma hora de distância de São Petersburgo. A cidade estava degradada e pessoas amontoadas em torno de fogueiras eram vistas pelas ruas. Bazarov olhava à frente enquanto sua carruagem passava pela cidade, enquanto Arkady observava as vitrines das lojas fechadas e as casas.

Por fim, a carruagem virou em uma rua mais agradável e parou em frente a uma casa onde um homem e uma mulher aguardavam do lado de fora.

O homem era alto e vestia um terno de lã marrom. Seu cabelo estava arrumado e ele tinha um rosto caloroso e amigável. Já o da mulher era enrugado, mas feliz. Ela usava um xale sobre os ombros e seus cabelos grisalhos caíam em uma longa trança. Ela tinha metade da altura do marido.

Assim que Bazarov desceu da carruagem, seus pais o cobriram de abraços e beijos.

— Meu filho! Meu filho! — gritou o homem. — Finalmente você está em casa!

Arkady sorriu ao ver a cena enquanto retirava a bagagem deles da carruagem. Quando finalmente ficou livre, Bazarov apresentou o amigo.

— Mãe, pai, este é Arkady Kirsanov.

O Dr. Bazarov beijou Arkady em ambas as bochechas.

— Você é muito bem-vindo aqui! — ele disse.

A Sra. Bazarov acenou e levou Arkady para dentro.

— Venha, venha! — disse ela. — O almoço está pronto. Vocês dois estão muito magros!

Durante a refeição, Arkady ficou maravilhado com os pais de Bazarov. Ele não conseguia entender como seu amigo, que sempre foi tão calmo e comedido, pôde ter sido criado por aquelas pessoas. Eles eram barulhentos e amigáveis. Faziam perguntas e contavam histórias.

— Aposto que você não imaginava isso olhando para ele — disse o Dr. Bazarov ao encher o copo de Arkady.

— Mas Yevgeny era uma coisinha bem pequenininha quando era mais novo.

Bazarov balançou a cabeça e corou. Arkady riu do constrangimento do amigo.

— Mas ele sempre foi muito sério! — disse a Sra. Bazarov. — Muito inteligente e determinado. Sabíamos que ele se daria bem.

— Mãe, já chega — Bazarov disse. Arkady notou que ele tratava seus pais como "mãe" e "pai", e não por seus nomes reais como uma vez ele aconselhou Arkady a fazer. — Arkady não veio aqui para ouvir sobre minha história de vida.

— Por que não? — questionou a Sra. Bazarov. — Estamos tão orgulhosos de você. Contamos sua história para quem quiser e tiver tempo suficiente para ouvi-la.

Bazarov e Arkady passaram a tarde ajudando o Dr. Bazarov a fazer as consultas. Bazarov estudou os casos que o pai não conseguiu diagnosticar e Arkady o ajudou na organização e arquivamento dos prontuários.

— Vocês são tão prestativos. Não serei capaz de fazer isso sozinho quando forem embora! — disse o médico.

— Só podemos ficar alguns dias — disse Bazarov.

Arkady notou que o rosto do Dr. Bazarov se entristeceu um pouco, antes que ele voltasse a sorrir novamente.

— Ah, sim. É bom ter você conosco pelo tempo que pudermos.

Naquela noite, Arkady e Bazarov retiraram-se para o quarto que compartilhavam no último andar.

— Podemos ficar mais do que alguns dias — disse Arkady. — Você não via seus pais há muito tempo. Eles podem querer que você fique um pouco mais.

Bazarov suspirou e coçou a cabeça.

— Meus pais são demais para mim — disse. — Toda a minha vida fui incapaz de entendê-los. Eles me parecem tão felizes e contentes por levar essa vida simples, mas eu sempre soube que queria algo diferente. Quando fui para a universidade, encontrei o niilismo, e isso me agradou. Minha vida foi sempre cercada de muita emoção – e o niilismo me ofereceu uma vida sem emoção.

Arkady concordou. Ele sentiu que agora entendia seu amigo bem mais que antes.

— Seus pais amam você — disse Arkady, gentilmente. — E isso os deixa felizes.

— Mas que bem isso faz a eles? — perguntou Bazarov, já nervoso. — Meu pai poderia ser um dos melhores médicos da Rússia, mas é muito emotivo. Ele se envolve com a vida de cada pessoa em vez de olhar para os fatos!

Arkady pôde ver que o amigo ficou chateado.

— Vamos ficar mais uns dias, e aí voltamos para Maryino. Você deixou alguns de seus trabalhos lá. Você poderá continuar trabalhando em paz

e eu posso ver meu pai. Isso talvez clareie sua mente.

Bazarov concordou. Maryino era tranquilo e, o melhor de tudo, ficava longe, bastante longe de Anna e de seus pais, e ele poderia se concentrar no que era importante.

A Sra. Bazarov não conseguiu parar de chorar quando Arkady e Bazarov partiram para Maryino. O Dr. Bazarov também tinha lágrimas em seus olhos.

— Você é a melhor coisa em nossas vidas — disse o médico enquanto abraçava seu filho com força. — Volte logo.

Bazarov se afastou dos pais e subiu na carruagem.

Arkady agradeceu ao dois por tê-lo recebido em sua casa.

— Cuide do meu menino — pediu a Sra. Bazarov.

— Eu cuidarei — respondeu Arkady.

CAPÍTULO NOVE

A viagem de volta a Maryino foi tranquila. Bazarov não queria falar. Sua mente estava cheia de dúvidas.

Bazarov queria ser um niilista verdadeiro, o que significava que sentimentos e emoções não eram importantes. Ele não esperava se apaixonar por Anna e tinha ido visitar seus pais para esquecê-la. Por outro lado, deparou-se com o amor excessivo de seus pais.

Arkady pôde ver que seu amigo estava chateado, então o deixou em paz para poder pensar.

Logo, Arkady sentiu sua própria mente sendo puxada de volta para Katya. Ele tinha pensado nela todos os dias desde que deixaram Nikolskoye. Agora que estavam separados, era como se estivesse faltando um pedaço dele.

Arkady olhou para fora da janela da carruagem, sentindo-se confortado quando avistou as terras ao redor de Maryino.

E se surpreendeu quando percebeu que algumas das instalações da fazenda estavam muito decadentes. Seu pai sempre administrou a

propriedade e as terras muito bem, e Arkady se perguntou o que tinha acontecido durante os anos em que esteve ausente.

Nickolai ficou muito feliz ao ver seu filho novamente. Ele deu um grande abraço em Arkady, que o retribuiu. Bazarov assistiu à cena e ficou maravilhado com a facilidade com que Arkady mostrava seu amor pelo pai.

Quase que imediatamente Bazarov pediu licença e foi procurar os papéis em que estava trabalhando antes de partirem. Arkady ficou feliz. Ele queria falar com seu pai a sós.

— Papa, posso perguntar uma

coisa? — Eles estavam sentados no escritório.

Pilhas de papéis cobriam a grande mesa de mogno.

— Claro, meu menino — Nickolai respondeu.

— Está tudo bem com a propriedade? No caminho até aqui notei que algumas instalações da fazenda estão precisando de reparos, e que alguns dos campos estão vazios. Não deveriam estar cobertos de milho agora?

O sorriso no rosto de Nickolai desapareceu. Ele

queria manter a verdade afastada do filho o maior tempo possível.

Nickolai estava lutando para colocar o trabalho dele em dia. Mas quanto mais velho ficava, mais difícil estava sendo administrar a propriedade sozinho. Foi difícil para ele admitir isso, porque queria que Arkady o visse como o pai forte e capaz que sempre fora.

— Está na hora de você saber a verdade — disse Nickolai com um suspiro. — Não posso mais continuar. Os agricultores estão reclamando e o trabalho não está sendo feito. Se eu não conseguir ajuda logo, receio ter que vender a propriedade. Eu quero me casar com Fenichka e dar um bom lar para ela e o pequeno Mitya, mas já não sou tão jovem como antes.

Arkady pôs a mão no ombro de seu pai. Aprender o niilismo com Bazarov o ensinou a olhar para os fatos em vez das emoções. Nesse ponto, Arkady percebeu que ele poderia e deveria olhar para ambos.

— Papa — disse Arkady — acho que tenho uma ideia.

CAPÍTULO DEZ

Arkady decidiu que viveria em Maryino e ajudaria o pai com a propriedade. Quando estava na universidade, esta parecia ser a última coisa que ele gostaria de fazer.

    Ele tinha grandes planos de se comprometer com o niilismo e viajar pelo país com Bazarov. Mas muita coisa havia mudado nas últimas semanas. Por um lado, Arkady estava muito feliz por ter voltado a sua antiga casa. Por outro, ele agora sabia que queria se casar.

E ele também sabia com *quem* queria se casar.

Quando Arkady disse ao pai que ia ficar e o ajudaria com a propriedade, Nickolai se emocionou.

— Meu querido menino, você sabe o que isso significa? — ele perguntou, pegando a mão de Arkady. — Que eu não vou ter que vender a propriedade e poderei me casar com Fenichka. E, o melhor de tudo, você estará aqui. Poderemos trabalhar um ao lado do outro! Não consigo dizer o quão feliz isso me deixa.

Arkady se sentiu mais feliz e mais certo sobre o seu futuro. Ele havia seguido sua razão e também seu coração.

— Pai, há uma última coisa que preciso fazer antes de começar a trabalhar na propriedade — disse Arkady. — Você se lembra de uma amiga da mamãe chamada Madame Lotkev? Ela teve duas filhas chamadas Anna e Katya.

Nickolai franziu a testa tentando se concentrar.

— O nome é familiar — disse ele, tentando se lembrar.
— Acho que era uma antiga colega de escola de sua mãe.

— Isso mesmo. O senhor tem alguma das cartas antigas da mamãe? — perguntou Arkady.

— Há um baú no sótão, eu acho. Isso tudo é muito curioso! — disse Nickolai, rindo do estranho pedido do filho.

— Obrigado, Papa — disse Arkady sorrindo, enquanto corria até o sótão para procurar as cartas da mãe de Katya.

Bazarov continuou a estudar em seu quarto. Ele tinha trazido alguns livros de medicina de seu pai quando saiu de casa, e passava horas lendo. Muito quieto e educado, só descia na hora das refeições.

E não questionou mais o prazer que Nickolai tinha por pinturas e livros.

Uma noite, depois do jantar, Arkady pediu a Bazarov que ficasse com ele junto ao fogo da lareira, em vez de voltar para o seu quarto para estudar.

— Tomei uma decisão — disse Arkady. — Na verdade, duas decisões.

— Isso é bom! Espero que você tenha tomado essas decisões depois de pensar muito sobre elas.

— Sim, pensei. A primeira é que vou voltar a Nikolskoye para ver Katya — disse Arkady.

Ao ouvir falar na
casa de Anna, Bazarov
olhou para o fogo,
preocupando-se em
não demonstrar seus
sentimentos em
relação a ela.

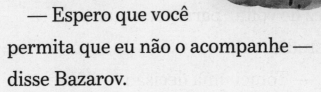

— Espero que você
permita que eu não o acompanhe —
disse Bazarov.

— Claro — respondeu Arkady.

Ele sabia que ver Anna novamente
deixaria Bazarov infeliz.

— Meu pai está mais do que feliz
por você estar aqui. Minha segunda
decisão é bem importante. Vou ficar
aqui para ajudá-lo na propriedade.

Ele não pode mais gerenciar tudo sozinho e eu gosto daqui.

Arkady sorriu para si mesmo e acrescentou:

— Suponho que você ache que não sou um verdadeiro niilista agora. Que eu deixei meus sentimentos guiarem minhas decisões.

Bazarov suspirou e se sentou novamente em sua cadeira.

— Você é um homem inteligente, meu amigo — disse ele. — E um homem bom. Durante todo esse tempo pensei estar ensinando a você a melhor maneira de viver. Talvez eu é que tivesse que aprender com *você*.

Arkady e Bazarov conversaram até bem tarde. Embora Arkady soubesse que seriam sempre amigos, ele e Bazarov estavam tomando rumos diferentes. A vida de Arkady agora estava centrada em Maryino, ajudando seu pai, e tinha Katya. Embora ainda não fosse corajoso o suficiente para confessar isso para Bazarov, Arkady sabia que queria passar sua vida com Katya.

CAPÍTULO ONZE

A viagem para Nikolskoye pareceu levar uma vida inteira. Arkady mal podia esperar para ver Katya novamente. Quando finalmente chegou, ela correu para cumprimentá-lo, e seu cachorro Fifi foi atrás dela.

Katya riu do grande baú que Arkady carregava.

— Está cheio de roupas? — ela perguntou. — Quanto tempo você pretende ficar?

— Eu trouxe uma surpresa para você e Anna — disse Arkady, sorrindo.

Katya e Arkady esperaram na sala até Anna se juntar a eles. Quando ela apareceu, Arkady abriu o baú que tinha trazido.

— Quando estive aqui, você foi muito gentil comigo ao me mostrar as cartas que minha mãe enviara para a sua — disse ele, colocando uma pilha de envelopes amarelados entre as irmãs. — Foi muito reconfortante para mim rever a caligrafia de minha mãe e ouvir a voz dela em minha cabeça. Achei que seria bom fazer o mesmo por vocês. Estas são as cartas de sua mãe para a minha.

Katya e Anna olharam para as cartas, e depois uma para a outra. Seus olhos se encheram de lágrimas.

— Obrigada — disse Katya, pegando a mão de Arkady. — Muito obrigada!

Katya e Anna passaram o dia lendo as cartas. Apesar das memórias trazerem uma certa dose de tristeza, elas riam muito enquanto se lembravam dos aniversários e das

férias que a mãe escreveu em suas cartas. Que sorte terem vivido aqueles momentos! E elas se sentiram próximas da mãe mais uma vez.

No jantar, Anna perguntou a Arkady, com ansiedade, porque Bazarov não tinha vindo com ele.

— Bazarov está comprometido com seus estudos — disse ele, de forma educada. — Mas ele me pediu que lhe transmitisse seus cumprimentos. — Arkady não quis dizer a verdade: mas

Bazarov não suportaria ver Anna outra vez depois de ser rejeitado por ela.

Logo após o jantar, Anna foi se deitar e deixou Arkady e Katya a

sós. O coração de Arkady começou a bater acelerado. Ele tinha ido até lá para pedir Katya em casamento. As palmas de suas mãos ficaram quentes e úmidas, seu pescoço gelou e os joelhos tremeram. Até Bazarov precisaria admitir naquele momento que suas emoções eram reais, pois tinham provocado um efeito em seu corpo!

— Katya — começou Arkady suavemente. — Há outra razão pela qual eu queria vir ver você.

Katya sorriu e acariciou a cabeça de Fifi que adormeceu em seu colo.

— E o que o trouxe até aqui então? — ela perguntou.

— Gostaria de pedir que se case comigo — disse Arkady. — Eu me apaixonei por você desde nosso último encontro. Quero passar o resto da minha vida ao seu lado.

Os olhos de Katya se arregalaram de alegria. Ela tinha contado cada dia que passou longe de Arkady. E guardara também cada carta que ele enviou. Ele foi o único homem pelo qual ela sentiu algo mais do que amizade.

— Oh, Arkady! Claro que vou me casar com você!

Arkady achou que seu coração ia explodir. Ele estava imensamente feliz.

CAPÍTULO DOZE

Mais tarde, naquela mesma noite, Arkady escreveu para o pai e para Bazarov para contar a feliz notícia aos dois. Alguns dias depois, recebeu respostas de ambos. A carta de Nickolai estava repleta de congratulações e palavras carinhosas. Ele mal podia esperar para conhecer a futura nora. Mas Arkady tremeu enquanto abria a carta de Bazarov. Ele não sabia como o amigo reagiria à notícia.

Meu caro amigo,

Em outra ocasião, eu teria dito que o casamento era a atividade mais inútil da Terra. Agora, porém, percebo como ele pode ser bom para algumas pessoas. Se tivesse ganhado o amor de Anna, talvez me casasse também. Estou feliz por você.

Mas também tenho novidades. Decidi ir embora de Maryino e voltar para a casa dos meus pais. Tenho pensado muito neles desde que você me disse como queria ajudar seu pai. Talvez a melhor maneira de aprender seja com nossos pais.

Quando esta carta chegar até você, já estarei no meu caminho de volta para casa. Desejo a você nada mais que o melhor.

Seu sempre amigo,

Bazarov

Arkady segurou a carta contra o peito. Na universidade, Arkady acreditava que Bazarov sabia de tudo.

O niilismo parecia o melhor caminho para viver sua vida. No entanto, tinha acontecido tanta coisa com eles nas últimas semanas que os dois acabaram mudando de ideia.

Arkady tinha percebido que o lar e a família eram mais importantes do que qualquer outra coisa no mundo. Ele seria eternamente grato a Bazarov por ensinar-lhe os caminhos do niilismo. E iria analisar os fatos, bem como seus sentimentos, em cada situação que se apresentassem a ele.

Bazarov também aprendeu a questionar sua confiança no niilismo.

Ele ainda queria acreditar na verdade e nos fatos, mas começou a perceber que havia mais vida além disso. Seu amor por Anna e a admiração por seus pais tinham mostrado isso a ele.

Os pais de Bazarov ficaram muito felizes por terem o filho em casa outra vez. E ficaram ainda mais felizes quando o filho disse que gostaria de ficar com eles e estudar para se tornar um médico como o pai.

Diariamente, Bazarov ajudou o pai enquanto ele atendia a seus pacientes e depois os visitava em suas casas. E passou a ver como as pessoas, em sua grande diversidade, levavam suas vidas.

À noite, Bazarov pegava um livro de medicina e sentava-se ao lado da mãe perto da lareira. Ela costurava ou lia, e ocasionalmente ficava olhando para o filho enquanto ele lia iluminado pela luz do fogo.

Um dia, o Dr. Bazarov voltou do consultório com o olhar triste.

— Havia uma família muito doente na cidade. E eles tinham uma doença grave: o tifo.

Bazarov olhou para o pai e viu que ele estava cansado depois de um dia de muito trabalho.

— Eu irei vê-los — disse, pegando a maleta do pai. — Conheço os tratamentos. E posso ajudá-los.

O Dr. Bazarov concordou.

— Obrigado, meu filho — disse, sentando-se pesadamente à mesa. — Vou pedir à Mama para começar a preparar o jantar para quando você voltar.

CAPÍTULO TREZE

Quando foi ver a família com tifo, Bazarov ficou chocado. Ele sabia que estavam muito doentes, mas não estava preparado para ver cada membro da família acometido por uma erupção cutânea e tremores de febre.

Bazarov passou de cama em cama, medicando cada pessoa. Os que conseguiam falar, agradeceram. Aqueles que estavam muito doentes até mesmo para falar tentaram sorrir.

Bazarov ficou emocionado. Mesmo estando em sofrimento, aquela família não esqueceu os bons modos. Era importante para eles serem gratos e educados. Essa família pobre estava ensinando a Bazarov mais sobre a vida do que tudo que ele tinha aprendido na universidade. E Bazarov compreendeu que isso era vida *real*.

Quando saiu, sentiu que tinha feito um bem.

Ele teve que admitir que ficou feliz por ter podido fazer a diferença, por menor que fosse. Assim que voltou para casa, escreveu para Arkady contando sua experiência.

Alguns dias depois, Bazarov começou a se sentir indisposto. Seu pai conhecia os sintomas – Bazarov tinha pegado tifo.

A febre o fez se sentir muito mal. E logo ficou fraco demais para sair da cama. Bazarov tomou o mesmo remédio que dera à família, mas ainda assim sua condição piorou.

— Pai — pediu Bazarov depois de dois dias de cama. — Por favor, mande

chamar Anna Odintsov. — Ele temia não se recuperar. E precisava ver Anna uma última vez.

Embora nunca tivesse escrito para uma moça tão rica e poderosa como Anna, o Dr. Bazarov fez o que o filho pediu. Disse a Anna que o filho estava morrendo e pedindo a ela que viesse rapidamente.

Quando Anna chegou à pequena casa alguns dias depois, seus olhos estavam vermelhos como se estivesse chorando.

Os pais de Bazarov lhe deram as boas-vindas e mostraram a ela o caminho do quarto. Estavam maravilhados com a ideia de o filho ter conhecido uma jovem tão refinada.

Anna sentou-se ao lado da cama e segurou a mão de Bazarov. Ela ficou chocada ao ver como estava mudado. Seu rosto estava pálido e ele havia perdido o brilho nos olhos.

— Sinto muitíssimo, Bazarov — sussurrou Anna. — Eu fui tola ao mandá-lo embora quando você disse que me amava.

Bazarov olhou para Anna, cansado demais para conseguir falar.

— Sou como você — disse Anna

com um sorriso triste. — Eu olho
para os fatos. E o fato é que não serei
sempre rica. Achei que precisava
me casar com alguém com dinheiro,
para sustentar minha irmã e a casa.
Mas agora Katya vai se casar, e tenho
certeza de que você já sabe disso. Não
preciso mais me preocupar com ela.

Bazarov assentiu brevemente. Ele
queria dizer a Anna que a entendia. E
que nada disso adiantava agora. O que
importava era que ela estava lá, ao seu
lado.

— Eu gostaria de não tê-lo feito ir
embora, Bazarov — continuou Anna.

— Os dias que passamos juntos foram os mais felizes da minha vida. Eu o amei e o mandei embora. Você seria capaz de me perdoar?

Bazarov apertou a mão de Anna o mais firme que pôde. Ele assentiu mais uma vez e depois fechou os olhos.

Os pais de Bazarov juntaram-se à Anna no quarto do filho. E ficaram com ele até que o último suspiro deixasse seu corpo, cercando-o com amor.

EPÍLOGO

Arkady e Katya, Nickolai e Fenichka se casaram em uma cerimônia dupla. Foi um dia alegre, embora Arkady desejasse que Bazarov pudesse ter estado lá.

    Os dois casais trabalharam duro para deixar a propriedade Maryino como ela costumava ser. Consertaram as edificações ao longo de toda a fazenda e cobriram os campos com vastas plantações. Logo, Arkady e Katya tiveram um filho a quem deram o nome de

Nickolai, como o pai de Arkady. Katya e Fenichka tornaram-se grandes amigas, e Anna os visitava frequentemente.

Após a morte de Bazarov, Arkady prometeu que todo dia tentaria se lembrar do que seu amigo havia

lhe ensinado. Ele analisava cada situação, observando os fatos, mas não descartava o que seu coração lhe dizia.

Anna se casou com um advogado de uma família com muito dinheiro. Mesmo que não sentisse um amor igual ao que sentiu por Bazarov, seu novo marido era um homem gentil. E ela estava feliz.

Os pais de Bazarov iam ao cemitério visitar o túmulo do filho todos os dias. Embora tenham ficado arrasados por tê-lo perdido, estavam orgulhosos do homem que o filho tinha sido.

Eugene Onegin é jovem, bonito, rico... e uma pessoa entediada. Nada o impressiona: nem sua casa enorme cheia de móveis caros, nem os bailes deslumbrantes que frequenta, nem os jantares suntuosos dos quais participa. Com a morte de um tio, que deixa para ele suas propriedades decadentes, Eugene se muda para o interior. Lá conhece o vivaz e inteligente Lensky, e a linda, delicada e discreta Tatyana.

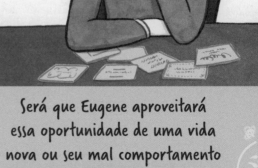

Será que Eugene aproveitará essa oportunidade de uma vida nova ou seu mal comportamento atrapalhará tudo?